阳光文库

风中的故乡

杨学洪 —— 著

黄河出版传媒集团
阳光出版社

图书在版编目（CIP）数据

风中的故乡 / 杨学洪著. -- 银川：阳光出版社，
2024. 11. --（阳光文库）. -- ISBN 978-7-5525-7539
-2

Ⅰ. I227

中国国家版本馆CIP数据核字第20242906D9号

阳光文库　风中的故乡　　　　　　　　　　杨学洪 著

责任编辑　赵　寅　申　佳
封面设计　晨　皓
责任印制　岳建宁

黄河出版传媒集团　阳光出版社　出版发行

出 版 人　薛文斌
地　　址　宁夏银川市北京东路139号出版大厦（750001）
网　　址　http://ssp.yrpubm.com
网上书店　http://shop129132959.taobao.com
电子信箱　yangguangchubanshe@163.com
邮购电话　0951-5047283
经　　销　全国新华书店
印刷装订　三河市嵩川印刷有限公司
印刷委托书号　（宁）0031131

开　　本　710 mm×1000 mm　1/16
印　　张　13.25
字　　数　180千字
版　　次　2024年11月第1版
印　　次　2024年11月第1次印刷
书　　号　ISBN 978-7-5525-7539-2
定　　价　48.00元

目录
CONTENTS

第一辑

时光遗迹

五月的石沟驿城

石沟驿古城很孤独
风催眠着
城墙在沉睡中开出花

骆驼刺、牛筋草、芨芨草
在孤独中死去
被风抽去了血肉
骨架在风中吟唱塞下曲

我多么希望这里水草丰茂
绿树成林
这样我站在最高的城墙上
挥动旗帜就可以点兵点将

边关雄风早已擂响了战鼓
乌云从天边压了过来
战马嘶鸣，刀枪出鞘
一场战斗
遁入时空中厮杀着

我

寻找那些散落的砖瓦、窑瓷

一点一点

从泥沙里挖掘驿城的苍凉

水洞沟明长城

我再也不敢

在你脊背上印上足迹

我也害怕惊飞

千年来唯一陪伴你的那些灰雀

我登上木梯

神游蒙古国与北宋王朝

交战的情形

我被送上了被告席

罪名是想象了一场战争的画面

我们谈论一幅岩画

一块石头本身是无语的
先人们把自己的爱情、生活、想象
刻印在它的脊骨上
岁月中它们不再失语

此时，我和他们正在凝视、解读
他说，自古以来女神都是这样的
圆肩、蜂腰、肥臀
她说，男神都是健壮、高大、威猛的

我笑了笑
我很符合她们描述的男神

岩画中的鹿

坚硬的岩石上
粗线条刻画着一只鹿

从此，这只鹿就在这块石头上奔跑
再也不会担心背后射来的冷箭

西夏瓷

黄河的泥沙、瓷窑堡的黄土

都是我的血亲

窑火淬炼了我

光滑、易碎的陶身

成吉思汗挥舞弯刀

打碎了我的黑白人生

尸骨葬在古灵州一个叫瓷窑堡的地方

八百多年来

有关我的坎坷命运

深埋在西夏的尘埃中

后人复活的只是瓷艺

不是我的原型

清水营

芨芨草开花了
那白色的花絮在土城墙上摇曳着
也许它不知道
这些土城墙已先于它们开成了花

城内就是秦汉民俗街
铁匠铺、当铺、钱庄一应俱全
也许
这里曾是《画皮》的故乡
现在已经没有了烟火气息

我们的脚步声
只惊飞了茅草屋上的一群麻雀

惶恐

这些恐龙
三五成群栖居

在黄色的泥沙里
它们还在一起戏玩
或偎依或追逐

也许我的想象过于美好
其实它们口渴极了
慌不择路地在河边饮水
不小心陷入泥沙
现在才从泥沙里挣扎出来

唉，我还是惶恐
还没有为它们
找回失散的孩子们

涌动长河　诗意兵沟

挥挥手，挥不来秦汉狼烟

一轮夕阳

向着长河落去

那被映红的飘带

千百年来一直向着远方

奔腾而去

兵沟里战马嘶鸣

战士们挥舞着弯刀、长剑

此时在分行的诗句里跳跃着

我们快速穿越到古战场

身披铠甲

策马扬鞭冲向敌阵

这高亢的诵读声回荡在兵沟的上空

一场风迎合着一场绵绵细雨

眺望长河高架桥

以及那为兵沟穿上绿色裙装的河滩庄稼地

兵沟更加诗意了

白土岗烽火墩

远看

矗立的腰身

已成为白土岗的一个地标

烽火早已遗忘在唐宋明清

只能在狼烟里取出

万金家书

近看

那斑驳的身体里漏出风雨

在海一样的天空

点燃朵朵白云

石沟驿古窑瓷遗址

一场山雨

揭开了石沟驿古窑瓷的神秘面纱

山坡上散落的碎瓷

早已被风擦去了泥垢

在正午的阳光中

闪耀着前世耀眼的光芒

我们抚摸着它们身上的伤疤

捡起心仪的那个瓷片

古窑已经歇业千年

现在裸露的窑口

阳光点燃了它的火焰

坐在上面照相的他

压痛了一段时光的记忆

开城遗址

开城、黑刺沟、三十里铺

秋天的胡麻香

吞没了王侯将相的府邸

剧本的真实

被 1306 年时的一场地震

守住了秘密

也许

从农田里、山沟里会挖出

安西王府的残瓦碎瓷

我在开城遗址的石碑前

断片的模糊中

今天小山村的宁静

如何打败了

开城前世的繁华

萧关

站在萧关的城墙上

四面涌入眼帘的苍翠

将我围堵在三十米长的护城墙上

狼烟、弯刀、黄沙

我只能从边塞诗中

抽取片段的画面

王维的马车

将燃烧的夕阳

颠簸到长河里

十万胡人不见踪影

苍松碧树抢占了山头

喇叭嘹亮

南来北往的车流

废弃了通关的文书

夜游环州古城

晚上，环州古城的

灵动与宏大

在璀璨的黄色光芒中

轻轻揭开神秘的面纱

马车的车轮驮着古城

奔跑在半山腰上

高亢嘹亮的秦腔

让这座古城难以入眠

四座大角楼的雄姿依然气势磅礴

八十九个巡捕房

羊肉养生，滋养着一方人

我总是与唐人、宋人邂逅

皮影戏醉了半城人

古城脚下的窑也秀一波清韵

鹊桥上那个抛绣球的姑娘

迟迟不肯露面

五层砖塔瞭望着

唐时的明月

依然从城墙上升起

宁夏工业遗址公园

扎根在贺兰山下

他乡变故乡

像太西煤那样

燃烧青春的激情岁月

宁夏工业腾飞的篇章里

镌刻着英雄的名字

今天

我们从一个螺丝钉上

一块铝锭上

一个废旧轮胎上

一块太西煤上

读出宁夏工业发展壮大的历史轨迹

宽敞的工业车间

陈列的火车头

"好人好马上三线"的宣传标语

向我们宣告

在这片热土上奋斗的人

他们青春不老

车过阿拉善

苍鹰叼起野兔

弯弓射落大雕

骑着骏马的阿拉善姑娘

向我奔来

青稞酒醉了夕阳

不眠的马头琴诉说太阳的热烈

这些美好而又浪漫的画面

此时，正闪现在我的脑海里

车过贺兰山三关口

山丘上两只巨大的金色骆驼

欢迎我的到来

四月，碧草才开始探头探脑

向东，贺兰山的脊梁拦住了我

寻找故乡的目光

向西，苍茫掩盖了苍茫

我，寻找不到它们的交界处

我们的车在苍茫里疾驰

路过的骆驼，忧伤的眼神

望穿了春天惆怅的心事

春风瘦了

阿拉善还没有草长莺飞

定远营

王爷早已去向不明

弯弓被珍藏了起来

锣鼓也已失声

猎猎旌旗也被秋风扯落

我行走在护城墙上

俯视这座城的雄伟

疾驰的车声

叫不醒一座城，在春风里

梦回大清

王府的街巷里

热卖着阿拉善奇石

三关口明长城

在贺兰山三关口

明长城蛇行在崇山峻岭上

高大的夯土腰身

如今被风和雨

抽打得残破不齐

成吉思汗闪亮的弯刀

刺破了贺兰山的宁静

从此，西夏遁走在时空里

如今，贪吃的岩羊

越过明长城

一会儿在内蒙古，一会儿又回到宁夏

它会不会踩醒

一段时光的记忆

石沟驿城随想

一座城会不会消失在时间的长河中
四百多米长、三米多高的夯土城墙
能佐证它曾经的繁华
是古丝绸之路上的一颗明珠

我在石沟驿古城中看到了石碾、石磨等
它们是哪个时代的产物已无从考证
但我看到了它们的衰老
在风雨和阳光中
石磨已碎裂成四块
逐渐与泥土融合在一起
从唐朝走过来的风雨
一直侵蚀着这座城

我们在城外千米左右的地方
看到了依山势而建造的古瓷窑
阳光烧红了它残破的窑口
记忆正在风中流逝
遍地的碎瓷，闪耀着时间的光泽

火石城子

驿站的驼铃声

早已消失在古丝绸之路上

一座城

是不是因为烤火的火石而得名

也已无法考证

我们确信

烽火台的狼烟

曾让一城人草木皆兵

原住民未磨灭的记忆里

这里曾经黄沙漫卷

在春天张口就是半嘴沙

沙株、白刺落满了倦鸟

20 世纪 70 年代

新来的移民不问旧事

推沙造田

山丘填平了沟壑

火石城子的月亮成了火城子村的月亮

如今，新人新村

稻花香里说丰年

谁还能记起

那年，那月，那激情

蒙宣堡

蒙宣堡的家人早已隐入尘烟

我们已无法考证它的来历

四米宽的夯土筑成了百亩大的堡子

如今只有明月看守着

我们一行人穿过堡子

连一只灰雀也没有被惊飞

堡内野草茂密

勒勒车也丢失在时光里

它目睹了海原大地震

百年来只能孤独地与风对话

割裂的伤痕

还拓印在它坍塌的墙身上

堡门不设防

虞美人笑迎访客

一位诗人沿着前主人的足迹登上城门

一曲羌笛中

谁能望穿 1920 年的星月

在蒙宣堡大门前

我与她

在历史的浪花中打捞蒙姓的碎片

战国秦长城

我们沿着秦人的足迹走过来
秦时的明月依然在
不见弯刀，不见长枪
只有苍松驻扎在关隘口
风中传来秦人夯筑的号子声
一条绿色的苍龙
奔跑在群山中

如今，长城内外
成片的荞麦、糜子、胡麻
隆起了长城的腰身
是最美的乡愁
我想寻找一块城砖
一片琉璃瓦，用手摸一摸
用耳朵听一听，是否
还跳动着几万秦人的心声

行走在夯土城墙上
没有遇见一个秦人

只有风与我拥抱

惊起的灰雀

又落在了另一处

土城墙上的草丛里

无量山石窟

无量山下有座石窟

几尊佛像面向石峡河打坐

静听水流声

心中有佛的人

拾级而上烧香拜佛

心中无佛的人

看桃花开杏花败

寻找一只路过的小鸟

第二辑

山水石之恋

登贺兰山

读山。我是崇高的

山高大

山伟岸

山苍翠

山连绵起伏

陶醉中我成为山巨大肢体中

渺小的一颗沙粒

山险峻。我柔弱的骨子里

会升腾出万丈豪情

山苍翠静默。我忘情地呼唤它

登山。我的胸怀里装着一座山

脚步丈量山的脊梁

手缚这连绵起伏的苍龙时

它早已将一面翠玉般的宝镜从中割开

左看是银川平原，右看是内蒙古河套平原

此时，我就是贺兰山最新的海拔高度

我是一个贺兰山上的盗者

贺兰山高大雄伟

贺兰山苍翠幽深

贺兰山物产丰富

如此适合我占山为王

和我的压寨夫人一起打劫

和岩羊山涧嬉戏

和苍鹰比高

其实，今天我只是一个背包客

在贺兰山下冰雕的世界里

匆匆而来，匆匆而去

空空的背包里

只盗走了贺兰山一点点宁静、空旷与安详

贺兰山向我走来

贺兰山向我迎面走来

一步又一步

从我脚下穿过

一座山峰

又一座山峰从我脚下蹚过

我站到了最高峰上

挥一挥手

我的手指下起伏着万丈群峰

吼一嗓子宁夏花儿

天边的苍鹰

口衔一朵白云飞向我

贺兰山上，每一座山峰都是传奇

夏天，每一朵云都是天空带来的惊喜

正如，贺兰山上的每一座山峰

都是大自然馈赠的礼物

笔架山

它不与众峰比高低、秀丽

它似一个笔架静卧

等着鬼斧神工的笔放置在上面

却做了过路风的睡枕

莲花山

不需要更多的花草增添它的姿色

它把自己开成了怒放的莲花

每一座山峰都是传奇

等着我们去唤醒

然后像初生的婴儿

起一个叫得响亮的名字

贺兰山下写青春

在贺兰山下的源石酒庄

秋日的山楂树上闪亮着红眼睛

我惊叹大地赋予了神奇

他们火热的激情抒写青春

从老照片的记忆里

寻找这片土地原始的面貌

废弃的石料厂，土地上布满伤疤

他们是追梦人

源于对土地的热爱

青春释放激情

就地取材用石头建造葡萄酒庄

给这片土地戴上了官帽

从此改变了贫瘠的命运

昔日的荒滩披上了绿装

漫步在中式园林里

野鸭划破了水面的平静

山楂树、枸子树、葡萄、柽柳

纷纷用身体里的火焰

点燃贺兰山下秋日的天空

面对这一片红红火火的天地

我怎能不膜拜

青春依然在贺兰山下闪耀着光芒

路遇岩羊

贺兰山上

遇到岩羊是很平常的事

它们一家三口安详地在沟底散步

偶尔会走上路面

我们在贺兰山中游玩

多想与它们亲近

我们走近一步

它们便远离一步

云雨过后

云雨过后

贺兰山仿佛被抽干了血色

天空的脸色也苍白了许多

山巅之上翱翔的雄鹰不见了

一座座山峰也换上了素装

这时需要一场又一场的雪

装扮巍峨的贺兰山

贺兰山的峡谷里有粉妆玉砌的冰雕

尽管是人工打造的

游客在浪漫的风景里

上演精彩的瞬间

冰花落满峡谷

那些岩画也被冷落

天都山

四月

车沿着天都峰的脊梁蛇形而上

当霞光为群山披上彩衣

我们已经下车

站在了山巅上白云的旁边

俯视

道观、寺庙、殿堂都被天都峰

紧紧地抱在怀里

我沿着石梯向下

没有闻到香火味

钟声回荡在山谷里

没有唤出一个僧人、道士

主持寺庙道观的麻雀

围着一棵大树争论

火石寨

火石寨被一把山火烧透
山石像姑娘绯红的脸蛋

火石寨里有穆柯寨
穆柯寨里曾经住着年轻漂亮的穆桂英
也许情人湾就是被她踏出来的
顺着情人湾就能走到情人谷

十月情人谷幽深，苍松青翠
我惊飞了树梢上的一对倦鸟

游火石寨

八月的火石寨

裸露的山体

已经先于苹果红透了脸

我行走在山道上

山崖上立着一块陀螺石

半身悬空

我真担心

风一吹它就会跌落下去

我抬头紧盯着它

群山静止

它慢慢地从朵朵白云的身边

走过

我的目光刚移下来

一只小松鼠

挡住了我上山的路

当我试图用深情的目光与它交流时

它却藏到了松树林里

草丛里的蛐蛐叫醒了一只山雀

飞入天际

四月的黄河岸边

四月的黄河岸边

垂钓者静坐成一尊石像

为了一条贪吃的黄河鲤鱼

他准备钓起明日的朝阳

嬉戏的孩子

痴玩着岸边水中的小石头和沙子

我，光着脚丫

蹚在冰凉的河水中

在陶醉中找寻

母亲河臂弯里藏着的玛瑙、玉石

背上的太阳

一不小心溜到了远方的田园里

红山湖

也许，有人会说

红山湖是天公滴下的泪水

淹没了一块洼地

疼痛从没有离去

真相已经被遮盖了几百年

一块地，唯一的一块黄土地

外科手术般从大地的胸膛上切割出来

被夯高的飘带雅称土长城

留下的血口子

有一个温馨的名字

红山湖

沙湖

像一块碧玉

镶嵌在沙海的胸膛上

也像一面绿色的镜子

照亮了蓝天、白云

不见湖水奔跑

也不见鱼跃出水面

冲锋舟的咆哮

只能让水稍微涟漪一下

碧水、蓝天、黄沙

它们习惯了静静地相互拥抱

湖中站岗的芦苇

为落单的白鹤指引方向

流动的沙扼杀了绿色植物的春天

东风灌醉了夕阳时

沙山巍峨的身躯

一下子就跳入水姑娘年轻的怀抱中

沙湖之游

这一湖的水荡漾在沙海边

湖依恋着沙

沙依恋着湖

它装下了蓝天

装下了白云

也装下了你我的歌声

我爱湖的纯情

我的快乐在沙漠里澎湃

我来了

你却没有来

碧树掩映的小路上

我的一声叹息

惊飞了芦苇丛中的几只飞鸟

忧伤的震湖

远眺

你会从绿色掩映的苍翠中

看到一座山被巨斧劈开的创口

震湖

百年后还在疼痛着我的目光

苍天一滴泪

就在绿树青山的怀抱中忧伤

碧水倒映着蓝天白云

飞过的白鹭

挑逗着秀丽的水韵

我不敢忘却

一段时光中的苦难

轻轻地摘下一朵格桑花

默默地把它放在山崖边

茹河瀑布

茹河一路蜿蜒在山谷中

文静而不暴躁

我慕名而来

惊叹大自然鬼斧神工劈出的河床

多么想近距离地亲近它

那直立高耸的河岸

拒绝我的靠近

远望二十多米宽的河床中

水流清澈

水波不兴

突然纵身跳出九米落差

扯出的水帘晶莹透亮

四月它还没有发出最强的吼声

我还是被它迷醉了

站在瀑布对面拐角的河岸边

任凭飞溅出来的水滴浸透我的全身

清水河源头

站在黑刺沟底

四面的山峰

似奔跑的碧浪

扑面而来

我们如同几条锦鲤

顺着沟底的山道游上去

山脚下，大山挤出乳汁

这就是清水河的源头

我们的双手

捧起这股细流

就捧起了清水河

奔跑的石头

风刻画了这块石头的面容
以及它的羽翼

虽然已是老态龙钟
此刻，它蹲在山顶上
已经做好飞翔的准备

二月黄河边捡拾黄河石

二月

黄河水推着河岸蜿蜒而去

水的筋骨

在阳光的亲吻中

滴滴答答

试图演奏春的序曲

这些搁浅在河滩上的石头

早已被水刀磨平了棱角

一个个像乖巧的孩子

有的睁开了眼睛

与我对视

落日枕在西山时

我的背包早已装不下它们

阿拉善的石头

一个年轻漂亮的姑娘

她选了一个精美的玛瑙吊坠

我心仪两块多彩的小石头

将来它会陪着我

一起读诗写字

其实，更多的石头

我经过时

都在向我诉说沧桑与惊奇

而我只能无奈地抚摸着安慰它们

我喜欢

地与火孕育出来的这些孩子

最开心她把筋脉石手链

轻轻地放在我的手心

滚钟口的石头

在贺兰山滚钟口

分布着许多椭圆形的石头

莫问它们的出身

也莫问它们的尊贵与贫贱

如今，它们紧闭心扉

在风雨中，只发出统一的声调

是啊，尘世打湿了我的翅膀

我也学会了人云亦云

眷恋黄河石

四月天晴

正好去野外踏青

青山绿水想念着我们的脚步

我们没有说去哪里

被滨河大道带到了黄河的岸滩上

也许我们三人都喜欢黄河石

最终结束了游走的状态

安心地在这里度过了一天的时光

四月，黄河水脚步匆匆

正在赶路

裸露的河滩很小

已经被磨平了棱角的黄河石

躺在午阳里暖着圆乎乎的身子

每看到中意的石头

我都要帮它翻过身子

甚至帮它洗个澡

这样，才能露出它的庐山真面目

几小时后

我总算找到了几块

一身黑缎的，一身绿军装的，山水田园风光的

灵动而又有个性的黄河石

圆滑且讨人喜爱

轻轻地

我把它们安放在一块稍大的石头旁边

回家的时候

岸边稍大一点的石头很多

它们的旁边都有绿色、黑色、红色等石头

我几乎挨着抚摸了一遍

但是，我心仪的那几块石头

却怎么也找不见了

也许

我想带走它们

而它们却眷恋黄河的怀抱

我喜欢到黄河边淘石

但始终没有遇到最美的那块石头

石头记（组诗）

木化石

木头成为化石

这需要付出多大的忍耐

才能脱胎换骨

火一样的拥有

火一样的锤炼

我的伊人

我烈火一般的爱恋

你会给予我

什么样的暖

消除我内心的寒冰

一块石头的命名

阿拉善的石头是吉祥的

它是大地的烈火孕育出来的孩子

戈壁滩的泥沙都是它的血亲

地火烤出了它浑身瓷器般的釉光

也许是长相的原因
一块块石头
被赋予美好的愿望
从此登堂入室
接受众人膜拜的目光

一位阿拉善美丽的小姐姐
她称这块黄色釉光石头为成吉思汗大帝
而我看到它丰满的腰身
流露出母性之光
命名为老妪

尽管我们对它的称谓不同
却不妨碍我们对阿拉善石头的喜爱

鱼游在黄河石里

一块石头是坚硬的
特别是一块巨大的石头
坚硬而且棱角分明

黄河水用它的温柔

涤荡着它怀中的每一块石头

一天又一天

年复一年地亲吻

河床里再也不见巨石

每一块石头都失去了棱角

圆滑而又讨人喜爱

开春，我从河床上

捡起一块彩色的石头

石头的表面，有一条鱼正在游动

另一面，嫦娥正在赶往月宫的路上

南方水乡

黄河水是浑浊的

即便这样

水的柔性也会在一块石头上

描绘出南方水乡

黄色的泥石为纸

泼墨几艘木帆船在上面

风扯动着帆

在浪涛上奔跑

游园不值

四月的春风还没吹来
长势喜人的几枝红杏
想念着春风
从墙内伸了出来

踏青的公子
正急匆匆地赶过来

不知从什么时候起
这一首古诗
落到了黄河石上

雨中漫步白芨滩国家地质沙漠公园

青色的巨龙

掩映在苍翠中

王母的玉镜掉落在白芨滩

路过的神仙广洒雨露

昔日荒凉的毛乌素沙漠

青松挺拔、长枣飘香、百花争艳

这些伊人啊

争相把自己的倩影留下

风摇曳出动人的涟漪

含羞的目光

藏下了哪个情哥哥

转身，挥一挥衣袖

细雨缠绵了一天

第三辑 ◀ 遇见风景

兵沟黄河落日

夕阳

喜欢穿上金色的纱衣

在长河里沐浴后

沉睡

在望星书屋旁看落日的美女

穿着浅黄色的短裙

我用镜头记录着她

时光慢一些吧

此时，我会一点一点想起

秦时伫立在这座山冈上看落日的伊人

穿短裙的她不会马上离去

两只岩羊

两只岩羊是幸福的

在冬日里悠闲地晒着太阳

寻找美味的食物果腹

它们好奇地打量闯入领地的我

漠视的目光拒绝我靠近它们

多么希望它们呵斥我几声

这样，我才不敢继续亲近它们

它们也不需要默默无闻地

转身走进小树林

秋天校园里的景色

一场秋雨后

一些花已经被阳光放尽了血色

躯干上刻下了时光的脚步

呈现着花朵的姣美

格桑花努力绽放出最美的笑脸

吸引几只蜂蝶翩飞

它们把唇放在花蕊最柔软的地方

也放进我的心间

目光随着它们的翅膀飞翔

阳光洒满花丛

课间我喜欢安静地独自寻觅

秋天的秘密

风走过来

秋色就会颤抖一下

乡村冬日

一把铜锁

锁住了乡村的喧闹

生锈的故事早已流落在扉页上

鸡鸣狗叫

在上演的影视剧里过把瘾

我提着路灯照亮归家的路

今夜

那留守的大爷

正在与嫦娥仙子对话

春的秘密

春风
梳洗柳的长发

桃的羞涩
绽放在枝头

从春色里走出来的美女
她的笑容
藏着春天的心事

一曲羌笛
解不开春的密码

立夏

春风扶直了阳光

阳光照出了花的灿烂

蜜蜂把唇放在最柔软的心房

蝴蝶开始伴舞

泼辣的雨姑娘

正在酝酿一场家暴的剧情

我那年迈的父亲

撸起了袖子

乡土上洒下他的汗水

荷叶姑娘的小雨伞

拒绝不了

缘于一场爱情的奔跑

酿造秋的酒香

广场舞

如同上紧了的发条

四肢使出铁匠的力量

锤炼空气中的铁

不见烟火

只分离出了盐粒子

有时

姿态非常妖娆

挥动的旧船桨

拍去了额头上的水波纹

和《新闻联播》一样守时

早晚滚动演出

亮丽的风景

四月我被围困

春风吹开了
姹紫嫣红的花朵
四月，我被一群花围困

杏花含泪
那一世的怜爱
早已让我怀抱明月而留恋

桃花满面愁容
最是伤怀
一世的娇羞最终败在春光里

花开是春，花落还是春
我也在春天里败了容颜
记忆中又浮现
初次相遇时你回眸的微笑

沙尘暴

风吹响了冲锋号

沙粒在天空中集结

一场关于人与自然的战争

席卷了城市与村庄

暴动的沙孩子

推着我转身向右拐

将我囚禁在水泥的牢笼里

树皮画

有一千只蝴蝶飞入树皮

就有一千只眼睛落在树皮上

就有一千个图案拓印在树皮上

时光与风

在白杨树青色的宣纸上

挥毫泼墨

把北方与南方

城市与乡村

动物与植物

唯美地再现

我在一棵白杨的树皮上

发现了美女抛出的吻

我静静地站着

也许,时光也会把我的身影

拓印上去

格桑花

格桑花

喝醉了夏风

喜欢在绿毯上舞蹈

含春的心事

总也藏不住

笑脸上的一抹红晕

鹰

鹰
托着贺兰山上的云朵
飞翔

我，追逐到山顶
它们还是飞出我的视野

小满

蒲公英笑出了水

它的孩子开始在旷野上

练习飞翔

黄河灌满了夏风

开始在河床上喘息奔腾

小麦初为人母

乳汁哺育孩子成长

一滴雨

还是不忍心落到黄土地上

长红枣

不与春争辉

米粒般的黄色小花瓣

被夏风千呼万唤始出来

抖一抖绿色的长辫

缀满的小花朵

悄悄地散发出幽香

装满夏阳的金色

秋天

点燃一树的火焰

爬山虎

使劲追着阳光的脚步
挺直柔软的身体

挺拔
是为了更多的叶子
绽放出夏天的笑脸

立秋的第一天我们荡起童年的快乐

立秋的第一天

静美中收藏斑斓的色彩

我们穿行在夏能高科技产业园

与莎妃浪漫相遇

甜，是这一天最美的记忆

农夫集市里

我们荡起了秋千

把阳光摇晃到土地上

把笑声洒在每一个角落

把快乐踩在脚下

我们飞扬在立秋的第一天

落下来时

五十岁的容颜上

绽放出童年的笑脸

荷花

一半明亮，一半幽暗

一半宁静，一半喧闹

我看到了阳光

跳跃在翠绿的叶面上

清洗污水

捧出一颗红心

风

摇不动水的喧闹

立在荷花上的蜻蜓

踏破了这里的宁静

稻渔空间

我们坐上小火车

划开碧波荡漾的稻浪

踏浪穿行

鸭子鸣叫

在没有站台的稻田里抛锚

徒步玻璃栈道

脚下涌起绿色的浪花

稻花香里声声蛙鸣

叫火夏天

观景台上欣赏

以绿为纸

水稻绘出美丽图案

村庄、绿树映在白云里

荡秋千的男孩、女孩

享受儿时的快乐

长枣红了

十一，我们相约在文人果木苑

那一树的枣儿

瞪红了眼睛

争着从我们的手中跳入长枣箱

开花、结果、摘枣

从春天开始

我们把希望播洒在这片沃土上

一直陪伴着它们走向秋天

火红的甜蜜绽放在枝头

长枣红了

我们的心事却是那么重

曾经说好的长枣诗会流产

很多朋友穿着防护服战斗在第一线

他们喜爱的长枣

由我们作协志愿者轻轻摘下

一颗长枣甜津津的

一颗长枣也会传递温暖

打包装车

劳动的快乐，就是把长枣的甜蜜

送达暂时不能随便出入的区域、卡点

深秋

阳光点燃了长枣的火焰
秋风不放过夏天的芳华
曾经翠亮的叶子
在秋风中奄奄一息地呻吟

在一棵枣树下
我伸手接住了
风摇落的几颗长枣

皮肤干瘪，筋骨有力
它们暗示着我未来的那一天

深秋的果木园

深秋的中午

尽管阳光很温暖

木果园里却一片萧瑟

那些贪嘴的小麻雀

自从菜田里没有了蔬菜

就不知道它们流落到哪里去了

茄子、西红柿的秧苗已经干枯

它们孤零零的身影

证明我曾经在这片园子里劳作

在春天种下过梦想

如今，找不到我来过的足迹

也许，人生就是这样

走过的路很多

一路播种，一路收获

最终能陪伴自己，慰藉自己的

只有自己

雪要遇见春天

昨晚

雪花在夜的睫毛上舞蹈

玉树琼枝

营造了一个童话王国

雪就要遇见春天了

游走在早晨的薄凉里

赏雪景、堆雪人

或者是把自己的倩影与雪景一起珍藏

我的眼眸是多么的不舍

我们奋力把这些可爱的小精灵

堆放在校园的花池、草地上

春天的花红柳绿

就会在雪水的滋润下生长

2023 年的一场雪

元宵节后的灯笼

被雪花披上了白盖头

笑脸更加妩媚

我喜欢与每一片雪花相遇

却接不住它落下来的白

树木、楼房、沟壑、车辆

在大地这张浑然天成的宣纸上泼墨

绘就了无数幅中国画

童话王国里，已堆好了雪人

土地也会张开唇

喊醒梅花

我不喜欢春天

春风

又拔出了小草的脑袋

婀娜多姿的垂柳

忙着迎接春的绚丽

梨花的白

又开始抒写春天的活力

我不喜欢春天

桃花的娇羞、憧憬

在我的心底投下阴影

额头上生长出更多的酸甜苦辣

桃花从不缺席春天

三月里

风吹出了桃树内心的激情

不管你来还是不来

桃花点燃了一树的火焰

桃盛装演出

从不缺席春的生机盎然

我喜欢与每一朵桃花相遇

阳光吻热了它的笑脸

我如水的眼眸

收获它含羞的色彩

所见

三月，在白土岗

干枯的草茎

摇动着春风

土地蓄满了力量

正在使劲挤出小草的脑袋

我们的越野车

在起伏的金黄色沙丘上颠簸

湛蓝的天空

罩不住跃动的越野车

在向导的带领下

我们终于找到黎家寨子

它建在靠近公路的地势较高的沙梁上

一米多宽、两米多高的黄土夯墙

被风雨掏空了身体

我担心

某一天风再大时

又会有一截断墙睡到大地的怀抱里

不见野兔

不见蚂蚁

更不见飞鸟

只有在风中顽强挺立的黎家寨子

向我们诉说

这里曾经牛羊漫山跑

春天的使者

梨花的白

扑灭不了桃树的火焰

它们扮靓了春天的姿色

直到显出最后的一滴血色

春风梳洗着柳的长发

一对水鸟啄开了

湖心荡起的涟漪

轻轻的我

从春色里穿过

不敢惊扰这些孩子

他们的笑脸正在阳光里飞扬

手里的画笔

留下了春天

钓起月亮的人

他，木桩般静止
除了抬头注视夜空的月亮

他打破了夜的寂静
他迅速拉起钓竿
一条挣扎的大鱼划破水面
我拿起纱网
帮他捞起了鱼

因为这条鱼，我们攀谈了起来
他是附近工地的钢筋工
每年只有冬季窝在家
家里有十亩地，两儿一女
妻子留在家里操心
工棚里劣质烟酒味
以及熏人的臭脚丫味拒绝他
进入梦中的故乡

有时

他会在工地附近的水域甩下钓竿

一边赏月一边静坐着等鱼上钩

今夜，月亮又钓起了他的思绪

他也看到了月亮下的村庄

而我却带走了他今夜

唯一的收获

谷雨

春风越来越瘦

小草睡眼惺忪

花长出了毛茸茸的耳朵

它们都盼望着

一场雨能急匆匆地赶来

在这阳光明媚

天气晴好的日子里

一切事物，包括你和我

都需要一场梦的憧憬和雨的滋润

挣脱牢笼的束缚

雨缠绵，花草追着阳光

也是我们

左手牵着右手

与山谷、河流、阿拉善

来一次最亲密的拥抱

人间最美四月天

一切都在追梦

草方格

把稻草或麦草

用铁锹压进沙丘里

就像给松软的沙粒植入了骨骼

这样，一米见方的草方格

像口袋一样

被缝补在沙丘的胸膛上

会拦住沙粒移动的脚步

能吸收天地的甘露

在草方格里栽下的柠条

一直在风沙中摇摇晃晃地生长

柠条

一株柠条是孤独的
一片柠条还是孤独的
在毛乌素沙漠
它们独自在草方格里安家落户

烈阳吐出炎热
冬风送来寒雪
弯月钓不起柠条孤独的心事
它们习惯了与风沙为伍
摇曳出沙丘绿色的梦

炎热、干旱与冰霜
锤炼着它们钢铁般的品质
但从不放弃开花结果
吐露季节的芬芳

柠条独自唱响了大风歌
向着干旱的沙漠纵深蔓延
千顷碧浪

枸杞红了

六月，夏阳的火焰

落在枸杞树上

那灰绿色的枝条上

就披上了红头巾

这时候的枸杞

透亮的身体里开始燃起一团火

比采摘小妹妹的红嘴唇还要鲜嫩

微风在碧野里摇曳出诱人的红

我忍不住唇齿的欲望

品尝了红枸杞的甜津津

但是手也被枝条上的刺扎得生疼

这样的红诱惑着人的味蕾

每天清晨泡一杯红枸杞茶水

看它们在玻璃杯里舒展着妖娆的身姿

我又想起那些摘枸杞的小妹妹

吹过五月的风

我站在五月的扉页上

五月的风吹来了换季的雨

看风景的人，是烟雨蒙蒙

赶路的人，怪雨急

播种的人，喜欢雨的酣畅淋漓

正是草长莺飞时

上木文人果木苑里

枣树走过了一个冬季的沧桑

正被五月的风抽出嫩芽

蓄满了力量的土地

拱出了许多惶恐的野草

五月，从不缺少阳光

缺少爱

他们奔波在五月的风里

或留恋山水

留恋桃花的粉红

而我只留恋这一片土地

种下我喜欢的蔬菜

去摇动五月的风

挂牌

尽管忙着在枣树上重新挂起

这些写满诗句的木牌

我还是留意到夕阳在一棵棵枣树后

走过的脚步

这些木牌沐浴在霞光里

诗句也闪着光芒

是啊，这些诗句是从我们的心扉

跳跃出来的

有着人情世故

有着憧憬向往

有着人生的苦涩与甜蜜

我们应该原谅冬风的调皮

原谅它在冬日里的躁动

不停地翻阅木牌，大声朗诵上面的诗句

以至于木牌掉落下来

诗牌被我重新挂起

我相信有一天

一位伊人会带着她的孩子

在枣林里轻轻朗诵这些诗句

霞光铺下来了

霞光铺下来时

枣叶的翠绿照亮了霞光

我多么希望

这些晶莹的绿能从树上落下来

浸入这些西瓜苗、茭瓜苗、黄瓜苗

这样，我再也不用担心

骄阳似火时

它们会脸色蜡黄

也不用担心一场雨的迟到

或遥遥无期

也会宽恕自己碌碌无为的日子

没有及时让它们饮上甘露

茄子、辣椒多么可爱

它们已经在夏火里长出

饱满的果实

正准备递到我的手里

这里将来会是草原

下了几场透雨后

七月的某一天

我们开车来到了白土岗

一片新绿掩盖了苍茫

起伏的沙丘上白云放牧

天空

被绿色的精灵

漂洗得更加湛蓝

草丛里的碎瓷

闪耀着前世的光芒

我忍住与瓷片交流的冲动

默默地退回到路边

不敢再让脚踩到沙丘上

怜惜脚下每一棵草

也许

这里将来会是草原

白刺

我惊叹白刺生命力的顽强

更惊叹它的坚韧

这里本就干旱少雨

即便是在夯土筑造的石沟驿古城墙上

白刺那灰绿的枝叶

也为土城墙披上了绿盖头

我在它的身上看到了愚公精神

有的白刺最终耐不住土城墙上的高温、缺水

留下粗黑的枯茎在风中哭泣

但它的身边

依然会有几株白刺在烈阳中摇曳

正是白刺的生生不息引起了我们的注意

当然，最让我感动的

是它们先于沙地上的白刺开花结果

我摘了几个晶亮透红的小果子喂入口中

品尝到了它的酸甜

一棵小叶杨

在白芨滩长流水自然保护区

龙坑护林点

有一棵百年小叶杨

我们已经无法详细考察这棵树的来历

它孤零零地扎根在草原上

终日聆听西北曲

我抚摸着它斑驳的身躯

心疼无数的沙粒抽打过它饥渴的身体

烈日的火焰

增强了它的斗志

一棵树苗顽强地拼搏

在干旱的沙漠里长成了参天大树

如今，这棵小叶杨是幸福的

碧浪从它的身边漫向四周的天际

高大的乔木林也开始在它的身边扎下根

路过的倦鸟亦不再流浪

成双结对地在枝头安家

一棵树忍受了百年孤独

终于成为这片草原的明信片

我们青睐它的伟岸

赞叹它生于渺小，拼搏成就了伟大

人们争相与这棵树合影

我看到树下的美女

她的笑容在这一天中最甜蜜

白茇滩自然保护区长流水龙坑护林点

碧波荡漾

白云放牧

我们喜欢在这里吮吸空气的香甜

不闻人间烟火气息

策马奔腾

或者像一只鸟翱翔蓝天

与每一棵小草对话

与每一朵白云牵手

在长流水龙坑护林点的草原

思绪会像碧草一样追逐蓝天白云

释放自我的天性

庆贺自己能与一只草原狐狸相遇

静静地看风吹过的地方

不见调皮的沙孩子奔跑

静静地听，树木摇曳的歌声里

飞出几只欢快的小鸟

很欣慰自己能来到这个神奇的地方

唯有蓝天、白云、碧草装饰我眼前的天地

而我，却不敢忘记白芨滩治沙人

他们在烈日的火焰里

用身体里的水分

滋润每一棵小草、每一棵小树

小草、小树苗壮成长

在这里组成草原绿洲

龙马梯田

从不因贫瘠气馁

吉强寓意着祝福

奔腾着龙马精神

斧劈、锹挖、车推

撕下日历的春夏秋冬

一年又一年

一代又一代人用内心的火焰

在黄土地的高塬上

舞起黄色的飘带

春天里播下种子

八月

微风摇动着格桑花

一个又一个山梁穿上了绿裙子

那涌动的翠色波浪

锁住了我们的眼眸

阳光在绿波上奔跑

龙马梯田

枕着苍翠入梦

风拨动绿色的琴弦

奏响乡村振兴的凯歌

万亩青储玉米

山路两旁的苍松

引导着我们的车蛇行向上

霞光即将铺下来时

夕阳的彩韵跳跃在苍松上

成了我们最美的背景

堡子山里

一个个村庄被飘带似的水泥路

环绕在群山的怀抱中

它们已穿上绿裙

彩色的屋顶错落有致

当我的目光停留在山腰

一层又一层的万亩梯田里

青储玉米随着风奔跑

最美的乡愁

即将沉眠在星空下

视窗也留不下它们的影像

苍松与山花

在一座山上
他们惊叹苍松摇动了白云
争先把自己最美的一瞬间
与苍松、白云一起定格下来

我在寻找
山路边默默开放的花朵
它们把自己的身躯矮下来
尽管叶片稀少，花朵不大
仍然会在路边
把自己最美的笑脸呈现出来

其实，我也是第一次与它们相遇
风毛菊、飞廉、小红菊、长柱沙参、岩败酱……
失水的身体很沧桑
但是没有错过春天
用自己的色彩点缀着世界
你看不看我
我都在这里芬芳

秋天的感怀

离开是悲痛的

例如一个人的离开

会有更多的人流泪

当秋风老了

叶也会离开

但它的离开是快乐的

大风起时

叶欢唱着从树枝上离开

快乐的尾音拖到田野、马路

目睹叶的凋零

我的感伤落在了唇齿间

一场雪在赶来的路上

一年中最炫的色彩又将与我们

擦肩而过

也许，走过了精彩

更多的是怀念与感伤

羡慕一片叶的洒脱

一场秋雨后

一场秋雨后

树木冻红了脸蛋

这样的颜色

我曾经在她的脸上看到

那是在秋天的月光下

我轻轻地把自己的外套披在她身上

秋风起时

最先红的那片叶

会欢快地随风舞蹈

也是那片叶，最先离开一棵树的怀抱

更多的人

看到的是深秋绚烂的色彩

把自己沉醉在风景里

而我

却陷入秋天的忧伤中

如果美丽之后要迎接一场雪的萧条

我面对她的青丝逐渐花白

面对父母如一片红透的秋叶

内心的悲切无法向秋天倾诉

关于一场雪

冬季需要一场雪的救赎

一片又一片的雪花

掩盖了这个世界的真实

洁白享受着赞美与快乐

我，忘不了那一次

我和她手牵着手赏雪景

那回眸微笑印刻在我的心中

于是，这个冬天雪花飘飘

如今，我喜欢等待

等待冬季迟来的一场雪

如同等待思念

那一片雪花掩藏不住春的萌动与粉红

贺兰山下好风景

深秋

漫步在贺兰山下的田野里

葡萄交出了内心的火焰

斑斓的叶片留不住秋的脚步

我寻找到几颗赤霞珠

枯萎的肉身，紧紧抱着甘甜的内心

葡萄地里有小石块

暴露了这些田地原来的秘密

干涸的荒石滩，野草丛生

如今，黄河水与砂石地一往情深

孕育出赤霞珠

贺兰山父亲般的脊梁

挡住了西伯利亚的寒流

夜的冷不懂白天的热

却让赤霞珠充分吮吸着天地的精华

成为贺兰山东麓一道亮丽的风景

2024 年的春雪

银针似的白杨扎入大地的经脉

柳树挥动柔软的手臂

划动了微风

雪花打湿了翅膀

像雨滴一样斜斜落下

雪已经下了一天

湖面的冰被雪盖住

湖中的廊桥又奔跑在雪原中

远眺，天与地一片苍茫

披着雪的枯茎上

没有一只觅食的麻雀

枝头的喜鹊，安静地梳理着羽毛

我多么希望它们在天空中翩飞

一下叫醒春天的花红柳绿

阅见山花

不管我来不来

这些山花依然开放着

它们向春天交出最美的笑容

它们吻着阳光的唇也是最醇香的

你看，那一枝山杏

我还没有跟它打一声招呼

它的唇已经吻热了春风

你看，那一树桃花

最美的笑脸已被无数的游人看过

而我绝不是喜欢它的最后一人

那山巅上的山花

静静地独自盛开

我们也在仰望着它

海原震柳

一座山移动了脚步

大地裂开了口子

一棵被撕裂成两半的柳树

还见证着

20 世纪 20 年代的苦难

这样的疼痛已经百年

从一棵树残损的身体上

我读懂了顽强、坚韧

风大雨也大

远方依然是春天

确实是这样

另一棵柳树放下了悲伤

两眼空旷

扎根在土壤中吐出生命的绿

郁金香

四月，在银川花博园
所有的郁金香举着酒杯
饮醉了春风
我们的到来
让它们的笑脸更加娇羞

每个人都想与它们亲近
我也蹲下了身子
拍到了最喜欢的一朵花
以及喜爱花朵的他和她

第一次烧烤

几个人举起的杯子

碰响了春游的快乐

湖边几个垂钓者

雕塑般静坐

咬钩的鱼钓出他们的童心

时不时就会欢呼雀跃

我的心中安放着一口古井

背向阳光

炭的火苗亲吻肉的清香

刷油、撒盐、撒调料、翻烤

我收获着劳动的美味

喷香的羊肉串、鸡翅

勾出了他们嘴角的馋虫

面向阳光

此时，温暖赐予我生活中

更多的富足与温馨

赏桃花

我确定我是喜欢桃花的
花开花败
我的脚步总会留恋其间

粉嫩如水时，我不关心
谁把怀春的心事藏在桃花里

桃花纷飞如雨时
谁与我一起叹息

那个十八岁少女的背影
模糊了还是清晰了

游览园艺产业园

在水泥砌成的河道里漂流
船桨已成表演的道具
拍照时装出使劲划桨的样子

我坐在小船里顺流而下
青铜峡、须弥山石窟、一百零八塔
微缩后被安置在河道两旁
一眼看尽了巍峨宏伟、神秘庄重

不见风雨，不闻鸟声
芭蕉、榕树、竹林
它们都脸色蜡黄
曾经傲娇的身体萎靡不振
沙田柚黯淡的光泽让我失去了味觉

漂流的起点即是终点
我在北国的温室里
游览了南国与北国媾和的风景

麦子熟了

青春活力时

高举着麦芒之剑

刺向风

刺向雨

刺向烈阳

流尽碧血

风雨、阳光磨亮了剑戟

解开的战袍

藏不住孕育的孩子

成熟的头颅从未低下

第四辑

◀

劳动的味道

芒种

蛙鸣叫醒了夏的酷热

小麦镀上了阳光的金色

举起的麦芒

刺向阳光落下来的剑

这时，我会想起

父亲的镰刀磨穿刀石

闪耀出耀眼的光芒

母亲在田间地头

一滴又一滴

把额头的汗水种下去

七月收割

五月
麦开始画出
风奔跑的波浪

六月
麦又开始为自己画出
太阳的金色

等我再一次来到它们的身边
麦却集体举起宝剑
试图对抗即将到来的七月
一场关于收割的战争

此时，父亲的笑声先一步
落在了田野里

我在枣园里种下了诗歌

绿色的小辣椒

正在收割夏阳的金色

夏风扶直了西红柿

怀里滚着上色的小皮球

枣树甩一甩长辫

阳光绣上嫩黄的小米花

冬瓜的藤蔓上

黄色的小喇叭吹皱了夏风

我把它们安排得各得其所

在枣园里嬉闹着

劳作之余

我和风一起诵读枣林的诗句

我，种下的小白菜

也长出了诗的味道

旱

浪花在天空中起伏
绽放白色的花朵

土地张开了血色的唇
等不来一滴雨
落入口中
它们需要天降甘霖
饮下一片绿叶的梦

等雨的季节，烤焦的小白菜
流着失控的眼泪
朝天椒干枯的叶尖
降低了泪点

今夜，天方夜谭的救赎故事
离我很远，梦里
黄河的乳汁从我的脚下漫过

六月的一场雨

六月的一场雨

发着暴躁的脾气，瓢泼般落下

将我劫持在马路上

劈头盖脸地冲凉

夏季的闷热与我心头的火

瞬间冷却

文人果木苑里

我亲手种下的辣椒、小白菜、冬瓜、萝卜

此时，正在大口吞咽夏天的甘露

它们的叶尖上

正在流淌春天的梦

文人果木苑

雨后

文人果木苑空气很甜

小白菜绿得发亮，菜叶仿佛能滴出水珠

小萝卜的脸蛋也更加羞涩

小西瓜在地上滚着玩

无论我陪着哪个朋友过来

长枣树都挽着手臂欢迎

是啊，我们把尘世中的孤独

流放在这里

一起谈论蔬菜的长势

一只喜鹊在枝头鸣唱夕阳

文人果木苑安静极了

可以耐心倾听虫草的交谈

一切草木都追着阳光生长

都酣畅地饮下雨水甘露

摘一把小白菜

拔一个小萝卜

在友人的菜园里挖一根葱

拣一些马齿苋

消炎杀菌止痛

我把自己放飞在这片热土上

远方

一棵白杨树挨着另一棵白杨树

我们在白杨树下欢聚

霞光在枣树上跳跃

它的金色光芒

抚慰着蒿草、小辣椒、西红柿

从白杨树枝叶间漏下来的阳光

也点亮了我们的微笑

一杯又一杯

我们碰响果木苑的欢乐

这片热土

为我们插上飞翔的翅膀

读生活、写诗歌

一起品尝我们收获的果实

枝头的喜鹊飞入暮色

一场欢宴即将结束

每个人带着美好的祝愿

奔向另一个远方

七月的雨

七月

一场雨发着夏天暴躁的脾气

瓢泼而来

长枣叶、南瓜叶被梳洗得一尘不染

如初生时一般晶莹透亮

叶子张开了嘴巴

诵读落下来的诗句

唉，那不胜酒力的

辣椒妹子与西瓜哥哥

明天会不会醉生梦死

果木苑里的麻雀

我真不知道这些麻雀

藏在哪里

我刚从田里走上来

它们就扑棱着翅膀落在

菜田的草尖上

借助草茎的弹性

优雅地荡起了秋千

捧着"草叶集"叽叽喳喳地

诵读诗歌

还不时啄一口草籽

这些可爱的孩子们

会让这些蒿草

活得心惊肉跳

夏天的文人果木苑

朝天椒

开始点燃夏天的火焰

茭瓜

铺就一片绿茵

西瓜

滚满一地捉迷藏

它们在果木苑

争相绽放春天的梦想

我轻轻地抚摸着

它们的笑脸

它们的孩子

它们的每一寸肌肤

摘下一个

仿佛摘下了夏季的快乐

摘枣

风落下了忧伤

枣田的蒿草有些已经失去了血液

干枯的草尖能扎破

落枣的皮肤

我们种植的茄子、西红柿、朝天椒

脸色蜡黄

所有的芳华都逐渐隐入尘烟

只有那一棵棵枣树

整齐地列队

等着我们检阅

风过来时

绿色发梢上的红辫子

会轻轻地摆动

眨着调皮的眼睛

也许，最灵动的那一颗

会成为我的口中蜜

最开心揪下它们

用我的手，将天地孕育的精华

馈赠出去

父亲又一次种出了青春

父亲老了

父亲确实老了

发丝上落满了月光

老了的父亲学会了放弃

首先放弃了田野中生机盎然的孩子

也放下了曾被自己攥出水的镰刀、锄头

老了的父亲不习惯

自己无所作为

他把自己的童年又种在老屋后面的坡地上

每天，父亲的笑脸在阳光里飞

一树又一树的桃花、杏花也含笑回应

这些树，一天又一天

一年又一年，从幼年时期开始

会再一次走过父亲的青春年华

种瓜得瓜

种瓜得瓜

种豆得豆

一场夜雨后

枣树伸展着长臂

阳光在鲜亮的枣叶上跳跃

我们赶在霞光铺下来时

又种下了几垄西瓜苗

土地蓄满了力量

从不辜负我们辛勤的汗水

枣田里的茄哥辣妹子黄花菜

欣欣向荣

只是红薯妹子蜡黄的脸

让我在劳动之后

担心明天会阳光灿烂

时光

老屋门前

父亲栽下了一棵杏树

儿时和我一起

敲杏子吃的小伙伴

如今大多去向不明

当年留在舌尖上的味道

却越来越醇香

杏子又熟了

坐在树下乘凉的父亲

沉默无声

岁月在他的脸上布满沟壑

杏树越来越高大

父亲却越来越衰老

他喜欢听枝头的喜鹊

叫醒村庄

稻花的笑容

七月

蛙鸣叫醒了稻花

绽开的笑容迎接烈阳的火焰

嫩黄的笑颜在夏风中摇曳出金色

秋天

金色的波浪中稻穗低下了沉甸甸的头

此时，已经看不到稻花的笑容

它早已飞到父亲的面颊上

稻穗弯成月牙时

父亲的眉梢也会弯成月牙

磨刀石与镰刀亲吻时唱起了月光曲

就这样，稻穗还没叩谢完大地的恩泽

笑弯了腰的父亲

已经急不可待地收割

这一年的吃穿用度，孩子的学杂费

早已藏在稻花的笑容里

劳动的味道

秋阳

给辣椒上满了釉色

它们藏在绿色的枝叶间

向我们

眨动着调皮的眼睛

我们的学生

像蝴蝶一样翩飞在田间

小手快速地翻飞

红彤彤的辣椒就藏进蛇皮袋子里酣睡

这个下午秋风送爽

孩子们开心地品尝劳动的滋味

汗水锤炼着雏鹰的翅膀

孩子们在广阔的天地间

种下的一颗种子

会在风雨里发芽、生长

六月的忧伤

细密的雨滴

冲洗着玉米的翠色

往年这个时候，母亲总会说

今年玉米又是好收成

如今，躺在病床上的母亲

不关心小麦

也不关心玉米

她疼痛的叹息声又轻又长

然而

糊涂的时候，还是念叨

她刚从麦田里上来，玉米长得可俊了

六月

夏风摇动枣树枝的手臂

欢迎我的到来

茄子、辣椒、向日葵、玉米

我把它们安排得整整齐齐

手拉着手追着夏阳拔高自己

欣喜它们的翠色在霞光中流淌

喜欢听它们在风中诉说开花的快乐

夏阳热情的吻

会让缺水的黄瓜、西瓜脸色蜡黄

红薯垄上被我挖断的黄花菜

又悄悄地长出了苗

手中的铲子怎么也下不去手

再次掘断它开花、结果的梦

爱情鸟 ◀ 第五辑

想念

目光跳过远山

你的背影安抚着

忽然，流出来的悲伤

像一颗子弹打穿

我，结冰的身躯

无声的电影

定格在或悲或喜的画面

匆匆

脚步匆匆

丈量着你走过的小路

路灯绚丽了星河

痴恋灌醉了黑夜

许愿

像流星一样璀璨

给孤独注入强心剂

渔灯

照亮了河的宽度

我，走向彩色夜晚的尽头

栽种玫瑰

昨天，我们在枣园种下蔬菜

微风中低头欢迎

今天我们种下玫瑰

幸福就是这样

种菜，赏花，摘果

玫瑰还没打开笑颜

一根刺先亲吻了我

刺说，以后有爱的日子里

送给她亲手种的玫瑰吧

玫瑰

以爱的名义围猎
带毒的色彩
以矫情浇灌浪漫

幸福或许是一根刺
喜欢在心扉间游走

意外

哎，你踩了我的脚

哎，你又碰了我的……

亲，小声点、小声点

我只是躲避

枣树伸向我的手臂

而过于靠近你

静

夜很静，我
听到月亮落到水里的声音

灯开出绚丽的花朵
我的孤独，流落在湖边的小路上

身边游过许多鱼
我，只听到心跳
与我的对话

思绪，滑出窗外
跳在夜的扉页上

想象一种爱情

树摇动了风

你在我的湖心丢下一颗种子

不管刮风还是下雨

它都向着另一个城市的你

生长，开花

昨夜，叶吹响风的口哨

最是那一低头的温柔

枕在月光里

湖心荡起羞涩的涟漪

给我一万个理由

也忘不了江南的烟雨

夜游

夕阳滑过叶尖

流淌一地的光芒

影子背着我走进夜色

酒醉的蝴蝶翩飞

鼓点打破夜的宁静

一个人推着另一个人周游

孤单推着我

走进午夜

弯月钓起六月的心事

那一棵朝天椒的热烈与虚无

咬得我生疼

爱

一对飞鸟

衔来一树的桃花

爱的羞涩，如水的眼眸

聆听春的序曲

那一世的红，热烈、奔放，阳光

如同我们在碧草上踏青

山涧里嬉闹

眼中闪动着你的

千娇百媚

碧竹追逐阳光的爱

流星划动心弦

月铺满一地圣洁的光芒

你，踩着我心脏的跳动走来

酒杯溢满了快乐

夜色憨醉在风的缠绵中

雨天遐思

一把伞

撑开了细雨

脚步匆匆

惊醒了不眠的路灯

我在窗前

吊起了朝天椒

把日子的火红挂在舌尖上

我爱的女人

正在取出滚烫的文字

密密地缝补在课本上

窝在烧烤店里的朋友

正在烤热绵长的秋雨

山冈吹过风

山冈吹过风
那个穿裙子的人
无意中让一朵云
落在山坡上的蒿草中
流浪

天空怀着海的心事
酝酿一场风暴
她怀着春天的心事
酝酿秋的喜悦

风力发电机的手臂
划动风奔跑
踩疼小草脑袋的她
被秋天如雨的心事
劫持在空旷的田野上
放飞一个季节的思念

面向大海

我劈开了霞光

正如一艘疾驰的邮轮

划破了海的宁静

一切的虚无

都消失在光影里

敞开的胸怀

拥抱此时属于我的歌声

面向大海

妖娆与萌动

尽情地为一个人绽放

惦念

光与影碰撞的美

浪涛不拒绝海岸的痴念

在海边，我与你

一半是生活

一半是诗意

冲浪

当汽艇划开湖的胸膛

我不再矜持

向身边的美女靠过去

紧紧地靠着她的肩膀

当然

她也向我靠过来

红酒

往事与粉红

在高脚玻璃杯里荡漾

光摇曳出迷人的笑颜

释放它前世的醇香

豪情或者遐思

就落在杯盏之中

轻轻地呷一口

那甘冽和清甜

缓缓地浸入身体和灵魂

此时，最好与佳人相约

第六辑

遐思浪花

由电厂的烟囱想到

这烟枪矗立着，插入半空
每天拼命地吐出一匹匹野马
在天空中肆意地游走

鸟雀搬家了
那些疯长的草也开始脸色蜡黄
一不小心就咳出
一片裸露的土地

弩

据说这把弩

是蒙恬将军传下来的

箭弩早已丢失

我拉开失去弹性的弓弦

只把风射穿了

一棵树老了

一棵树老了
比如你会看到它断臂的伤口
被风掏成鸟的天堂

如果我也老了
希望像一棵饱经沧桑的柳
依然有尊严地享受阳光

美丽的伤害

伤疤
长在胸膛上
吸收悲痛的营养
为了
追赶太阳的光芒

在心中生根发芽
积蓄着爆发的
能量

风

风摇出苍翠的海浪

风也会摇落树的呓语

树的人生哲理

树

无论是静止还是摇摆

总也摆脱不了风的纠缠

确实，不管你热爱与否

都要在生活中

挣扎

值得思考的问题

上山

我们低着头走路

下山

我们还低着头赶路

只有在平坦的大路上

我们会昂首挺胸

走出六亲不认的步伐

这是一个值得思考的问题

柔软与坚硬

石头坚硬

贺兰山更是刀枪不入

却被风留满了伤痕

风柔软多姿

遇到石头绕路而走

不见石头揳入风里

无声胜有声

静坐在一块石头上
与一棵树相互凝视
它不问我来自何方
我不问它何时至于此

其实，我们有着相通的心声
我们相互打量着

它把经历的风和雨
都刻在自己的身上
我把生活中的酸甜苦辣埋藏在心底
一不小心
鲤鱼般从眼角游了出来

这个夏天我们毕业了

这个夏天最开心的

我们毕业了

把白云穿在身上

把心愿绣在上面

把我们的情谊也定格在一瞬间

这个夏天我们毕业了

雨滴欢跳

天和地有着最亲密的交谈

六年的情谊

绽放在我们的泪花里

埋藏在我们的怀抱里

甜蜜与不舍划过心头

弹奏离别的伤怀

罐罐茶

卖罐罐茶的

不做茶的视频宣传

狼烟在楼顶上燃起

一个王朝的动乱

每晚在小吃街上空演绎

扮演唐明皇与杨贵妃

再次纠缠历史恩怨

商家贩卖的颓废与喧闹

与茶的清香、静怡

一起打包出售

如雨的心情

黑色欲望聚集在一起

总藏不住夏天的秘密

选择一点一滴

或者瓢泼解密

发酵的心事

如同一场雨

放飞

夏季

阳光洒落下来

沐浴的草木

争相托起落下来的云朵

结出的果实吹出了

夏风

喊来了我

文人果木苑里的蒿草

吃下了我的大长腿

惶恐着，五指间落下了时光的

灰烬

吐出三千丈的孤独与烦恼

父亲与乡邻

尽管屋门已上锁

春夏秋冬大片的时光

还是从门窗漏了出来

院中的荒草

吞没了主人的脚步

翻墙的风

轻轻地推开了墙垛

生病的果树

它的春梦

被虫子咬得残缺不全

我的父亲

还在倔强地守护

乡村的宁静与希望

劳动最光荣

手推车、石磨、竹筐……

五七干校里的这些劳动工具

注视着我们

我们也打量着它们陌生的面孔

源于对劳动的热爱

我们谈论着它们的用途、名称

想象那个激情岁月

知识分子崇尚劳动

汗水塑造人生观

开荒、种田、上粪

收割、扬场、学习

贺兰山下，青春不负劳动

锤炼初心

旧木船的黑白世界里

我们追寻记忆的浪花

试着推动勒勒车

转动石磨

抚摸这些旧物件上斑驳的裂痕

感受那个时代的激情

品尝劳动的快乐与光荣

母爱

路过白土岗时
我没有看到羊妈妈的分娩过程

现在，它舍弃了春草的鲜美
低下了倔强的头
亦步亦趋，紧跟着牧场主
他的手里正抱着刚生下的小羊羔
咩——咩——
撞击我心中最柔软的地方

当牧场主放下小羊羔时
羊妈妈旁若无人
继续舔着小羊羔还湿润的身子

春风吹进了我的眼睛
两滴珍珠想要滚落下来
在白土岗广袤的沙梁上
我，望穿回家的路

割韭菜的女人

割韭菜的女人
经常在晚上劳作
黑夜的幕布
藏下了村庄
也藏下了她们谋生的韭菜

头灯星辰般闪耀在田野里
已经忽略了脸上的倦意
开心的欢笑声
向田野飘去
追逐切割黑色幕布的那束光

是啊，幸福生活就是这样
像被割了一茬又一茬的韭菜
芝麻开花节节高
甜蜜都是从劳苦的汗水中
打捞出来的

人生如石

河床上的石头绝大多数是

圆滑光亮的

这样的形态不但讨人喜爱

而且

能被人捡起带走

从此告别随波逐流的日子

当然

那些有棱角的石头，大多都是断裂的

更多的已经粉碎成泥沙

人生

其实与石头的命运高度相似

温室里的向日葵

我在花盆里种了棵向日葵
它在春天摇晃着生长
每天蹲在窗前
享受着阳光的沐浴

心疼它纤细的腰身
为它单独饮上剩茶水
施足花肥

终于开花了
只是
缺失了风雨的洗礼
它的脊梁弯成了拱桥

阳光碎片

在文人果木苑

这些鲜亮的枣叶

大口吞噬着阳光

即便是这样

还是有一些阳光碎片

从枝叶间漏下来

枣树下的小草

它们并不贪婪

只需要一点光就能照亮它们的一生

它们也能摇动风

也能招来鸟雀

幸福是奋斗出来的

七月

在白土岗永清村

房前屋后的果园里

核桃、李子、苹果、梨

贪婪地吸收烈阳的光芒

红梅杏已先于它们红透了脸蛋

这里是毛乌素沙漠的边缘

20 世纪 80 年代

一片苍茫

如今瓜果飘香、绿树成荫

我不知道

经历了几代人的劳动

推平沙丘

开挖水渠

种植经济林

昔日风沙肆虐的沙丘

如今是塞上的果园

老物件的记忆

在马芳农家小院的红色展览馆里，陈列着

陶器、瓷器、纪念章

车轱辘、碾米的风车、永久自行车

以及带火盆的炕桌

我相信这些老物件都是有记忆的

它们能唤醒我人生中的某一时光

在炕桌前

我看到过世的奶奶坐在炕桌边

正烤着炉火喝着盖碗茶

我庆幸再一次凭借这些老物件

又一次回顾了我的前半生

二八单杠

碾碎了一路的土坷垃

到后来能骑上摩托车

开上小汽车上下班

生活犹如芝麻开花

五谷杂粮

糜子与谷子

我确实分不清

但不影响我喜爱它们

儿时一碗碗醇香的味道

还留在唇齿间

在西海固

土地会张开失血的唇

他们只能靠天吃饭

从身体里掏出汗水种植

糜子、谷子、荞麦、胡麻、马铃薯

养活了一代又一代人

如今聚水为库，水爬上了天梯

梯田种植着杂粮

将山川装扮得更加靓丽多姿

五谷杂粮

也成为乡愁中

一张畅销的明信片

西吉与席芨

黄河在这里拐了弯

席芨认领了这片土地的干涸与贫瘠

纤弱的身体，细碎的花絮

开遍了这片土地

春荣秋枯，生生不息

西吉，取自席芨草的寓意与吉祥

西吉人内心燃起了火焰

淬炼的身躯似铁如钢

锹挖车推

在每一个黄土梁上挥毫泼墨

绘制梯田

糜子、谷子、荞麦、扁豆、马铃薯、芹菜

五谷杂粮与高山冷凉蔬菜

把山川点缀得更加绚烂

从此

乡愁是一幅美丽的风景画

一座城因席芨草而得名

一城人如席芨草一样扎根于脚下的土地

挥汗如雨

让山川披上了绿装

小米粥里涌动着幸福的泪花

叶落遐思

落叶飘断了秋天

雪的脚步越来越近

斑斓的色彩走过了一段时光

美好的记忆搁置在昨天

秋天收获了喜悦

跳下了眉梢

我的脚步踩碎了一片叶春天的萌动

灿烂的风景正走向冬的萧条

行走在深秋里

一片落叶向我告白

繁华与萧瑟

我何尝不是尘世间的一片叶

劳动创造了美

绿色是这一片沙丘的底色
蛇行的山路把我们带到了一座小山丘上
人工湖泊掩映在苍翠中
它通过伸向四面八方的黑色乳管
哺育着这些花草树木

我的目光最终还是被高大的白杨树拦截
始终没有找到散落在周围的果园、温棚
河东机场，一架接一架起飞的飞机
颤动的气流被这些树木紧紧揽在怀中

十年的时间，这些治沙劳模
退休不褪色，汗水洒满了这片土地
曾经的臭水沟、乱石滩
已经消失在记忆深处
绿色铺了漫山遍野

我多想在依着山势修建的红色漫步小径上走一走
沿着他们的脚步欣赏这片园林美景

揪一个苹果、梨、长枣

品尝他们劳动的果实

让那清香的甘甜包围我

走向高地

天空

是鸟的天堂

驮着白云遨游

山巅

是树木的梦想

摇动着风奔跑

唤醒天上的星辰

峡谷

是水的最爱

与大地一起弹奏交响曲

我喜欢

笔尖上流淌的诗意

像一只蚂蚁

在方格稿纸上爬过宠辱

向着最光亮的地方跋涉

源于热爱

贺兰山下

葡萄树、山楂树、枸子树、柽柳

争先在秋天绽放最后的绚丽

尽管这片土地贫瘠

但不妨碍它们热爱

是的，他们的青春也在这里燃烧

乱石滩上

葡萄认领了这片土地的贫瘠

我摘下他们种植的山楂果

轻轻地放到他们手中

恰似放下了一团火焰

羊驼撒娇

羊驼撒娇

金刚鹦鹉表演嗑瓜子

狐面猴在铁笼里卖萌喝水

鸵鸟悠闲地在人群中散步

它们缺少闪电和风雨的洗礼

被人类抽走了身体里的钢铁

我们被这些乖巧的动物讨好

身体中的钙会流失得更快

昊然山居

在昊然山居

我喜欢恬静地睡在躺椅上

午后枝头的鸟雀叫醒我

一起诵读诗歌

晚上

陪着星辰聊天

听夏风的吟唱

确实，我们每天拼命在生活里打捞

这样惬意的日子